为美丽的风景而忧伤

邹进◎ 著

古吴轩出版社

图书在版编目（CIP）数据

邹进诗集：为美丽的风景而忧伤 / 邹进著.—— 苏州：古吴轩出版社，2011.6

ISBN 978-7-80733-641-9

Ⅰ.①邹… Ⅱ.①邹… Ⅲ.①诗集 – 中国 – 当代 Ⅳ.①I227

中国版本图书馆CIP数据核字(2011)第075434号

责任编辑： 李　蓓
特约编辑： 方模启
封面设计： 零三二五艺术设计

书　　名： 邹进诗集：为美丽的风景而忧伤
著　　者： 邹　进
出版发行： 古吴轩出版社

地址：苏州市十梓街458号　　邮编：215006
Http://www.guwuxuancbs.com　E-mail:gwxcbs@126.com
电话：0512-65233679　　　　　传真：0512-65220750

印　　刷： 北京画中画印刷有限公司
开　　本： 889×1194 1/32
印　　张： 4.25
印　　次： 2011年6月第一版　第一次印刷
书　　号： ISBN 978-7-80733-641-9
定　　价： 23.00元

如发现印装质量问题，影响阅读，请与印刷厂联系调换。010-63706888

目录
Contents

邹进的诗只不过是邹进作为诗人的一种后天证明，证明他经过调适和训练，使生命及灵魂找到了一种符合自身特质的语言表达形式。

——兰亚明《永远的诗人》

"当年赤子"
——作为序的一组散文

你在早晨

忽然发现街上漂满了水草

你还奇怪已经很久

不再听到那种声音

——《呼喊》

"陌上花开"

啊，这金刚石一般的日出哟

带动着所有腐朽向新生的转换

它凝聚着渴望、追求、我的自信

这巨大的凝聚力，是我坚强的生命！

——《日出·印象》

"我的夏天"

小河里是否漂满长笛

山坡上有没有花的消息

一匹小马低着头跑向河边

失恋的人从窗前悄悄离去

谁为我唱起那支忧伤的歌曲

谁陪伴我踏上这夜色之旅

——《为美丽的风景而忧伤》

举杯欲饮

嘴唇与历史轻轻触碰

历史怎会让每一个英雄

都如愿以偿？

——《举杯欲饮》

"白鹿青崖"

——云游诗篇

"当年赤子"

——作为序的一组散文

时常使我感到的，可是说不出

邹　进

去年，老兰出版了他的诗集，勾起了我的欲望，在差不多一年之中，身体里总有一种说不出的难受，虽然每天上班下班，心里早有一些虫子蠢蠢欲动。我也想像老兰那样，像王小妮、刘晓波那样，把自己的作品结成一个集子出版，追认自己是个诗人。在不少图书馆老师眼里，人天书店的老板是个诗人，因为大家就是这样介绍他的："我们董事长是诗人。"那时候，心里虽说挺美的，也挺虚的，因为还没有一个人读过我的诗，更不用说崇拜我。当这本诗集出来的时候，我好像终于拿到了大学毕业证书。

今年春节，没有出行，把自己在家关了七天。好像沉渣泛起，我把所有的手稿都翻了出来，大信口袋足足十几个。粗粗一算，大学四年间写了十几万行，平均每天一百行！不由感慨：根本没好好读书！一页页翻看这些手稿，简直挑不出多少够得上是作品的，几次都产生了放弃的念头。倒是诗行旁边的那些批注，让我回忆起大学同窗四年，诗社结伴四年那些美好的情景。我一遍又一遍读那些批注，老徐语重心长，小妮循循善诱，晓波引经据典，白光嬉笑怒骂。贵品和老兰不怎么评诗，他们经常这样批："这才是你，诗狗！""真棒，你终于找到了你自己！"而这些简单的话，常常让我热血沸腾，让我感到我已经不愧为一个诗人。现在我也常常使用这些语言，对我的部下说："太棒了，我没想到的你居然都做到了。""你们做得这么好，我可以回家写诗去了。"

经常说，诗是一种生理现象，十多二十岁的学生，大都有写诗的经历。一则，正值青春期，多少美好的愿望要表达，再则，逻辑思维和叙事能力欠缺，只言片语，好像正合乎诗的形式。记得诗社刚成立时，一下子涌进了十多个人，一段时间后，只剩下五个，后来白光和刘晓波加入才变成七个。后来这七个人，好像只有白光不再想写诗外，其他的人都没有离开诗，只有职业和业余的区别。虽然我的公司已经做得不小了，甚至有可能，在同学们办的企业里，人天书店会成为一间长久的公司，但安静下来的时候，仍然觉得自己是个诗人，不是商人。我好像一直以诗人的思维和行为在经商，这经常让我的同事感到不可理喻。成也萧何，败也萧何。人天书店做到如此规模是这个原因，如果有一天人天书店做不下去，或者没有做好，恐怕也是这个原因。

诗，对于诗人来说，当然不是一种生理现象。诗人有自己独特的符号系统。诗人不是以自己的感情去感染别人，那是很多人都会做的事情。诗人是很少的或说极少的

为美丽的风景而忧伤

那部分人，他用自己的符号，建筑了一个结构，读者从中读出了他想说而没有说出的，想写而没有写下的那些东西，时常让人感到的，可是说不出的那些东西。那些被读出的东西，可以是情感，也可以是理解，它并不教导你什么，但那悟性却融化于你的身心。用诡辩论的理论说，诗人非人，诗人只是诗人。听起来，诗人说的也是我们说的话，用的也是我们的语言，其实差之远矣。诗是意象间的关联和对话，好诗是不用翻译和注释的，它直接诉诸心灵。我不喜欢象征派的诗，他们把诗提升到哲学的层面。读爱略特的《荒原》绝对是一件苦差事，一边看文本，一边看注释，要看他写什么，还要看他象征什么，我觉得那是哲学系学生干的活。对读者来说，读一首诗，从语言进入，当他感受到的意象不再需要语言进行注释时，他便进入了诗的境界，由此产生的情感、理解、梦想和幻象，才是诗。纯粹的诗是这样写的："噫吁嚱，危乎高哉！蜀道之难，难于上青天！""孔雀东南飞，五里一徘徊。"

　　写诗已经是二十年前的事了，自《中国》文学月刊停刊以后，所有诗歌界的活动我都没有参加过，那些写诗的朋友几乎很少碰面，偶然见面也不再把诗当做话题，东拉西扯，涮涮火锅而已。但我一直以为，自己是个不错的诗人。一九八五、一九八六年，我感觉已经面临突破，隐隐然，飘飘然，好像要达到某种境界。回头看那几年的创作，也确实如此。可是因为《中国》停刊，我的创作之路突然中断了。但是，我的一颗诗人之心一直没有停止跳动。在自我封闭的这些天里，我好像又回到了"曼陀丽"（《蝴蝶梦》）。灯下，是一座恬静而充满激情的小小庄园。一页页翻动发黄的稿纸，一篇篇整理自己的旧作，慢慢地进入了创作的状态。本来想多选一些作品，让书厚点，像个书样。最后只选了这三十首。因为我不仅是个诗人，还是一个诗评人，我希望自己的作品能够诠释自己的诗歌理论。选定的作品誊清以后，我有一种不可克制的欲望，想给身边的每一个人朗诵。时而又产生一种幻觉，好像回到了我们的诗社，回到大学时代，回到同学们中间。这几天，我真的犹如生活在另外一个世界里。

　　在这些诗里，还隐藏了我的一段情感经历。我的一个少年时的朋友。现在她在什么地方？有时我会这样问。是的，我不知道她在哪里。可我一直珍藏着我们在一起的那些透明如水的岁月。孩子们在一起是会吵嘴的，还会赌气几天不说话，但我们谁也没说过谁的坏话，没有对妈妈们说出过我们共同策划的小小"阴谋"。有一天，她在水池边把我叫住，神秘地告诉我说她发育了。我懵懵懂懂。她指着胸口给我看，果然那地方隆起一个胡桃大小的东西。我伸手去摸，被她阻止了。以前这都是可以的。从那以后，我们之间隐隐的好像有了距离。后来，她走了，跟她父母去了很远的山西大同，我难过极了。谁知道一个孩子心里想什么，谁会相信孩子心里有什么。只有孩子自己知道。在就要分别的那些日子里，她是多么高兴呵，她忙着办自己的事，收拾自己的东西。她的话那么多，我却没话说了。每天我都到她家去，站在一边看她整理东西。她偶尔回头跟我说几句，也都不需要回答。送人的人总是空虚的，好像要把自己的东西从身上拿走一部分，而被送的人却是充实的，她要到新的地方去，那里有好多新的东西等她领受。她带着我的情感走了，留给我的是少年的烦恼。她走了，我平生第一次感到孤独，日子酸溜溜的。多少年来，她时常会在我的记忆中出现。我知道她不是现实，而是一个梦境，我的生活就在这现实和梦境中切换。她成了我的抒情对象，她激发了我所有的诗歌灵感。

小妮、晓波现在都是职业作家，我也不跟他们比。触动我、促使我结这个集子的，是那个老兰。我在给他的诗集写序的时候曾提议，我们诗社七人应该出一本合集，以此纪念我们的友谊。如果由此激发起我们创作的欲望，那可是功莫大焉。我很喜欢《九叶集》，便想了一个我们诗集的题名——《七子歌》。现在，离这本愿望中的集子，一天天地近了。

二〇〇五年二月九日春节
于人天书店总部大楼

当年赤子

永远的诗人

兰亚明

一

可以说，离开吉林大学中文系七七级七人诗社那种独特的诗之氛围，邹进基本上没再写诗。但邹进作为诗人却是永远的。

二

雪莱说："诗是神圣的东西。它既是知识的圆心，又是它的圆周；它包含一切科学，一切科学也必须溯源到它。"威廉·华兹华斯也说："诗是一切知识的起源和终结，——它像人的心灵一样不朽。"我说，心是藏起的诗，诗是跳出的心。诗是人类灵魂本质内涵的一种艺术展示，犹如彩虹折射阳光，使其以美轮美奂的方式，呈现于天地之间。

邹进的诗是邹进灵魂的一种真切而独特的艺术展示。

三

诗人是天生的。多么刻苦的训练都不会造就诗人。一个人与生俱来的生理心理素质及其经历，决定着一个人对环境对生命的独特感受。那种思维及情绪极为敏感、富于幻想，甚或常常处于梦幻般迷狂状态的人，其潜质一经发掘和张扬，并通过特定的语言方式表达出自己独特的生命感受时，一个诗人便诞生了。尽管绝大多数诗人不能代神说话，但作为诗人便已经具有足够的天分。

邹进是诗人，这是由他的潜质决定的。邹进的诗只不过是邹进作为诗人的一种后天证明，证明他经过调适和训练，使生命及灵魂找到了一种符合自身特质的语言表达形式。至于这种语言形式运用得如何，那只不过是调适和训练的结果，与是不是诗人几乎无关。

四

诗人是孤独的。本雅明说过，诗人是一个时代一颗没有氛围的星星。诗人的孤独是灵魂的孤独，是灵魂的自我历练、自我升华以及自我整合过程的独立。诗人的孤独是内敛的，未必是形单影只的独往独来，即使大宴宾朋于席间，十几盏酒杯同时碰响，溅飞的酒花浸满笑声，诗人的心依然孤独。正如诗人自己的表白："我有许多朋友，呵朋友！/即使在你们的中间/我还是感到孤独/还是让我一个人走走吧/让我躺在夜的最深处。"

成群结队的灵魂不属于诗人。邹进的孤独是思想者的孤独，他的孤独使他有了许多完整而深刻的思考，使他常常冒出一些不伦不类却很美好、异想天开但出于心灵的想法，这使得无论身处于任何一个群体，他的存在都无法不受到人们的重视，这存在的独特也无法不受到人们的正视，其深邃的思索更加无法不让人产生钦佩之情。

五

诗人是多情的。多情是因为敏感，即稍有刺激就兴奋，给点阳光就灿烂。邹进就很敏感，也很多情，有时那情多得让人感到有点自作，但这自作的多情依然真诚、依然炙热、依然痴狂。诗人的激情与敏感是面对一切的，即生命对环境中的一切体验和感受都如激如灼，充满着无限生机与活力。

女人最易撩起诗人的兴奋。撩动邹进的女人很多，可不管他喜欢的女人给他带来的是愉悦还是痛苦，他都会陷入一种陶醉，一种痴迷。"凡是纯洁正直的姑娘/都被我深深地爱过"，"我要用我滚烫的热吻/把她薄薄的嘴唇烧破"。情已至此，他尚嫌不够，竟"跪在地上为你写诗"。诗集中的许多诗，就是这样为女人写出的。

诗人是极具使命感的，其勃发的激情，总是沉沉地背负着一种责任。无论是对情人还是对他所真情挚爱着的祖国，邹进都很有责任感。"因为有了你/才有我爱和恨的一切情感/这两个字平凡得好像两亩地/却包藏着我全部灵魂的呼喊"，"带着满怀挚爱和痛苦的渴望/我大声地叫着你的名字——/祖国！"为了祖国，为了他动心动肺的牵挂，无论是在寒风凛冽的岁月，还是在被称为春天的时代，邹进总是那样以"天下大任，舍我其谁"的姿态，豪情万丈又理想化地担负起社会和历史发展的重任，四下奔波，走南闯北，直至满脸青包，头破血流，他依然在心底倔强地播种着理想。即使做了商人，他也要将自己经营的产业和文化与社会进步与国家兴衰存亡紧密地连在一起。这就是诗人，这就是诗人的情与心。

六

诗人充满幻想。灵魂之所以得以飞扬，正是因了幻想的引领。没有幻想的灵魂该是怎样的枯燥、怎样的呆板、怎样的沉重。邹进的灵魂是飘升的，因为他的灵魂被无数美丽的幻想所承载。邹进的幻想极为丰富。在我心中，在许多人心中，在了解他的所有人的心中，邹进永远是个孩子。孩子般地憧憬，孩子般地向往，孩子般地假设和如果着，并时常"走下倾斜的海岸/把手插进冰凉的沙滩/挖一个小坑/埋下我的梦幻"。即使无暇走向沙滩，无暇仰望白云和蓝天，整天忙碌于杂七杂八烦心乱意的商务，他的心中依然不间断地放飞着千朵万朵幻想之云，那云既不承雨又不为风所迫，在辽远静谧的天空中悠然。

诗人的生命永远与梦同在。

七

诗人都率真且不世故。诗人都是性情的，性情都是真实的。谎言来自理性，欺骗源于罪恶。赤裸裸地面对一切的，才是诗人。诗人的思维、情感和语言都是即时即兴的，既不深思熟虑，也不老谋深算。即时即兴的瞬间真实和感悟，才产生灵感，而"不得到灵感，不失去平常理智而陷入迷狂，就没有能力创作，就不能作诗或代神说话"。这是柏拉图说的，他说得很对，很真实。

如果把诗称为艺术，我总觉得，在世俗与宗教之间，艺术是极为友善的联姻者，她一手牵着世俗，一手牵着宗教。离心力让她痛苦，向心力给她快乐。快乐和痛苦揉在一起，便造就了既未入圣又不随俗的诗人。作为诗人的邹进，自然有他生存利益的追求，他与所有人一样，为家庭、为生计奔忙着，为商机的多寡纠结着，但在人与人之间，那种物化的关系被诗人潜在的灵魂特质冲淡着，形而上的一切主导着诗人的全部生活。也正缘于此，诗人在自己的追求中，真实并快乐地生活着。

八

诗人向往崇高。"当自然把我们引入人生浩瀚的宇宙，仿佛带我们赶赴盛会，是要我们成为全部宇宙壮观的观赏者和荣誉的热切追求者，从初始就在我们心中注入了一种对一切伟大的、比我们更神圣的事物的爱。"读过朗吉努斯《论崇高》中这段经典性语言，再去吟咏邹进先生的《日出·印象》，我们每个人都会获得对崇高真实涵义的深切领悟。"黑夜在东方断裂了/在人们死寂般沉睡的时候/东方，那储存着无数个早晨的东方/桔红色的黎明轻轻飘出。……飘动的云丝染上鲜红的色彩/像通红的马鬃甩向天空/……天际的闪电带着串串惊雷/在没有遮拦的山坡上滚动/那声音摔打在石壁上/整个山谷顿时充满回声/这是巨大的前奏曲/是呼唤，是鼓动/开始了！开始吧——/我的心在上升！……我知道等待的意义/我用仅有的两只眼睛/用大树一样伸展的每一根神经/用我的全部身心静静等待/……"这就是崇高，这就是对崇高的敬畏、景仰和期待。当伟大、神圣、令人惊异的太阳，从长白云海里挣脱时，诗人听到了婴儿呱呱坠地的哭声，这哭声如歌，灌注寰宇，让无数生命，在这金刚石般的日出中，获得渴望，获得追求，获得自信，获得新生。正是在这日出的时刻，站在长白之巅的诗人终于发现了自己，并从太阳那里获得了"我的骄傲、我的热情、我的年轻"。《日出·印象》长八十八行，直抒胸臆，一气呵成，其情激荡如潮，词语

当年赤子

狂放迷乱；其势排山倒海，訇然汹涌，以其专横的、不可抗拒的威力，征服着所有的读者与听众。

这就是崇高。崇高就是这样。

九

诗人是天生的，但天生的诗人不一定是永远的。因为后天的世界太复杂了，尤其是当今的中国，商品经济把人性中最丑陋、最卑鄙、最阴暗、最残忍的部分都召唤出来，纠集于原始积累的角斗场，各路仇神，一片厮杀，血腥浸染着一切。同时，被血腥浸染的生命，其欲望之蛇迅速繁衍，喷射着五光十色的诱惑，让灵魂在炼狱中经受着前所未有的考验。在这考验中，邹进既未沉沦，也未曾被世风吹落，而是依然那样充满幻想、充满激情，依然孤独地思考着，并以率真之情继续仰视人性的光芒，继续追寻着让整个灵魂都为之震颤的崇高。这就是邹进，这就是那位透过铜币的洞孔亦可瞩望蓝天、沿着梦的意境即能寻得幸福的永远的诗人。

十

关于对诗的评判及标准，我无话可说。只能转引我的一位朋友、我所敬重的文学批评家梅疾愚先生在为薛卫民诗集《右手》所写的评论中的一段话，以结束我对邹进先生即将出版的诗集之议论：不必用某一艺术标准读诗，更不必刻意去为诗寻找一条评判的标准，只需像孩子仰望夜空那样，用眼睛去寻找，用心灵去感悟。读诗应该是，并只能是心灵的交付。这就是我们能够抵达诗之本质的一条唯一路径。

二〇〇五年四月

长春

当年赤子

二〇〇五邹进来深圳

徐敬亚

　　二〇〇五年七月五号，北京人天书店有限公司董事长邹进先生在心里率领他手下的五百多号人马，只身一人自北京经宁夏经云南飞抵深圳。迎接他的是深圳一片漆黑的楼房和机场出站口一片焦急等待的人群。人群中站着半商半文的徐与独身小党务员白。

　　晚十点整，徐收到手机短信：落地稍等。"看看这小子像不像一个董事长？"徐对白说。

　　一个蓬松的头，被整个身体一颠一颠地向上蹿动着。那个身体以及身体里面的魂儿就是董事长大人了。

　　上哪儿吃饭？我看到的，仍然是那两只散射无神的大眼和总是咧向两边的嘴。

　　你与白处长并没有立刻厮打成一团，像当年在南湖边上打雪仗一样。你，长大了。懂事了。

　　"我是来拿那个的！"

　　开宗明义，你下了飞机就摊牌就要账。像一个索取毒品的黑社会老大。而我们俩则忽然莫名的谦卑，仿佛唯唯诺诺，好像你的闺女出嫁我们必须拿出嫁妆，好像你弄出了一本"那个"，我们就必须跟着"那个"。哪有这样让人家写评论的。

一瓶五十二度白酒与八盘羊肉，让三个老蹿把生存、生意与诗，在肚子里搅拌得十分均匀。三年来一贯号称单身然而身边总是伴侣如云的白处，那一天脾气安好而酒量缩水。我知道是你触动了他那笑嘻嘻的本质。一大箱二十多年前的诗稿在三年前的离婚中丢失，让这小子一个晚上没了精神。临走时还问我，你说能不能在小盖那儿？他还惦记着找呢。

而你，仍然平静。就像我毕业后在北京多次看到的那个九十年代以后的邹进。

我曾说过，九十年代是一个伟大的年代，伟大得灰暗而乏味！

正是在那个无聊的十年里，你似乎完成了一次心灵深处的自我转变。你，不再单纯，至少表面上不再发傻。那个每每因为一句话而立刻像孩子一样呼啸而起兴高采烈的吉林大学的邹进被另一个灰暗而乏味的邹进淹没了……那个站在中文系讲台上一手插着裤兜一手扬着诗稿昂然朗诵的邹进，变成了一个老同学相聚时日常闲谈的永远溜号者，变成了眼睛盯着人缓慢陈述的生意人。

这些年，从北京传来的消息总把你的生意说得艰难曲折而又前程无限。这一次我才真正明白了贵公司的庞大架构与远大抱负。当我们的话题从年营业额四个亿一下子跳到老兰那苦心写出来的三千多字的十一段"诗论"时，你"扑哧"一声就笑了，再次变成一个孩子。

这时，大概只有我能明白你，明白文学与生意何以能够在一个人身上进行如此频繁而不可思议的转换。你分明在弹奏着高深的莫扎特，但怎么你突然唱起了中国民歌？你刚刚站在万人大会上讲演，却忽然趴在地上让小儿骑头？

对啦，就是这样啊！文学、诗，从来不是高深的典雅的东西。同样，活着、挣钱、生意，也从来不是卑鄙无耻的。老兰写了半天《永远的诗人》，还是写出了一个县文化馆馆长的水平，或者说是文化部副部长的水平。诗，是生命中原就存在的因素。在每个人内心的普遍存在，是诗的一个生命根据啊。扯啥呀！

那天晚上最开心的，是我们的两个设想。一是我们"赤子心"七个人的聚会。那分明是一个总是呼之欲出但二十多年来我们却从未想到过的相聚。

找一个没人儿的地方，找七个人都没事儿的时候。七个老蹭好好地在一起玩一玩，好好地闹，好好地骂，好好地喝几顿酒吧。

是你，那天晚上，让我终于把憋在心里很多年和诗的关系想清楚了，说清楚了。

诗在我心里，其实一直有几种存在的方式。没上大学前我一个人读诗写诗。上大学后一帮人写最后是七个人写。再后来是写到了全国，和什么什么一代人一起写啦。我最怀念的，恰恰是"文革"中我一个人趴在我家小桌子上读普希金。那种巨大的神奇，那种蒙头蒙脑，才是一个人与诗最真实的关系。普希金差不多有四分之一的抒情诗是写在朋友笔记本上的，有的诗直接写在情人的手绢和披肩上。可惜几十年来，我拿到的任何一本诗集，都不是我想象中的那样。

我心目中的纯洁的诗集，是一个人写给自己的，写给另一个人的，是某一个时间段内一个人清一色的心情与感觉。而不是书店里卖的那种拼凑出来的所谓诗集。那些诗集，是写给文学史的，写给文化的。

邹进，履行我们七月五号晚上涮羊肉的约定吧。让我们某一天，也写出那种真正的诗集。整整一本的清一色的诗集。哪怕我们水平不行，哪怕我们写出普希金《皇村中学》那样的学生腔。

二〇〇五年七月十二日下午

深圳

当年赤子

019

对另外六个人说

王小妮

通过电话知道，邹进要出他的第一本诗集，这对于我，一点也不意外。

写诗，永远都不能成为一种工作，它只是我们自己的需要。一个人走过了青春时光，还在想着诗，他的潜意识中，梦想回到诗，就是去完成他早晚要实现的一件心事。

我觉得诗是能够救人的。因而，从表面看来，已经离诗很远的兰亚明和邹进似乎是突发奇想要出诗集，其实是最自然的事情。换句话说，我们"赤子心"的七个人，谁出诗集都不是意外。

在邹进之前是兰亚明，后一个捧着一大叠打印诗稿，前一个从北京飞了宁夏又飞广东，都要另外六个人写点儿什么，好像我们的胡诌在二十多年后，仍旧很重要。我看到了诗对我们这些普通人历久弥新的平慰和拯救。

在一间教室的不同角落里散落着的人们，在二十多年的时间里，散落得更远，有些连姓名都快淡忘了。但是，

为美丽的风景而忧伤

诗是一种什么力量，邹进一呼，六人齐应。所以，我这个彻底的悲观怀疑者也不能不说，人还是可救的动物。

一九八一年的东北，冬天，吉林大学礼堂鸣放宫的舞台上，邹进慢悠悠地走到聚光灯下面，他一个人站在那种台子上，显得台子很大，人很小，孤零零的。他开始念他的诗，在当时，那个节目叫"诗朗诵"，还有个报幕员拿腔作调上来宣布："诗朗诵×××××，朗诵者×××。"

那个晚上，邹进的朗诵法儿谁还记得：他一个人在那儿低语，一只手拿几张纸，另外一只手揣在裤袋里，像个无所事事的嬉皮士跑到大街上散步。邹进的"朗诵"，完全不是当时人们印象中一成不变的诗歌朗诵，没有必须的激昂调子，没有高扬着手臂，他跑到通亮的台上那一会儿，神态音调动作都是"反朗诵"的。我记得，那个寒冷的晚上，邹进赢得了格外热烈的掌声。

这么些年来，我们一直所做的，就是怎么样违背概念中的那些酸腐的诗人，而更接近我们这个自己，因为，写作永远都是我们独自一人的事情。我们远离着模式套路主流，始终努力，不断地更接近着本身。

邹进的这些诗都很"古老"。在我这儿，古老不是一个坏词儿。谁说人人都要跟随潮流？穿衣服还可以左右环顾周边的人，写诗却没必要学习时下的人们。因为，诗的关键并不在于技艺。技艺可学，诗不可学。所以，我说，专业是我的敌人。

一个人写他自己以为的诗，高兴的时候弄出一本书来

当年赤子

自我欣赏，古老时候的人差不多就是这么干的。邹进在二〇〇五年也想试试，这样没什么不好。

你们六个，下一个该是谁？

二〇〇五年七月十日

海南海甸岛

为美丽的风景而忧伤

走近邹进

吕贵品

　　毕业以后，邹进离我们远了。我和敬亚、小妮有时谈起邹进，都感到他变了，那颗在"草地上跳跃的童心"老成了。"长大了，大有大了的事情"，他整天在干那些"大了的事情"，所以来往少了。记得有一段，在那大约三年的时间里，他鲜少音信。可能北京的草地太少，那童心跳跃不起来了。那时我也整天在干那些"大了的事情"。

　　其实，邹进没有变。

　　不是邹进离我们远了，也不是我们离邹进远了。我们赤子七人依然如故，我们都没变，然而我们离"诗"远了。我们都在忙于"大了的事情"，我们都挺累的，不想闹哄，平静地各自过各自的日子，距离自然就会产生。

　　我们离诗远了，这是很痛苦的事情。毕业以后只有小妮坚持写，后来发现老兰也写一点，其他的人很少写了。出一本诗集也都是上个世纪八十年代的东西。

我们离诗远了，自然也就没有了那些激情，那些率真。那美丽的飞舞的蝴蝶也就降落了，我们都蜕变成一条条毛毛虫，在生活这面高大的墙壁上爬行。呜呼！痛苦呀！有人会说：吕贵品不要用我们这个词，那是你自己。我承认。但无论如何，你们也都不是在飞翔。兄弟们，认账吧！

我们离诗远了，所以，老兰、邹进，包括晓波和下一步的我才想起出诗集，捡起那些发黄的陈旧的叶片，一个劲儿地往书页里夹。

我非常怀念我们那个湖边草地上的岁月，我们写诗，我们朗诵，我们欢呼，我们跳跃，我们七个兄弟，坐在草地上抢香肠，抢面包吃。每当我翻起那些黑白照片，就为有那样一段日子而高兴。今天我们出诗集，写文章，也都是为了纪念那段日子，为那段日子里奔腾的激情树一块碑。

现在我们"长大了"，我们经常"一个人走走"，我们都在享受孤独。我们这些毛毛虫"躺在夜的最深处"，等待那"无意的一瞥"，等待那会"溅起我一片激情，使我欢呼"的一瞥，这一瞥，就是诗的一瞥。

我不同意兰兄说的话：诗人是天生的。尽管我过去也这样认为。现在，我发现那是某些理论家的说法。而现实世界绝非这样。在我近五十年的生涯中，我遇到太多的诗人。一个卖瓜的农夫，一个挖煤的工人，他们都是诗人，他们讲的故事，说的话令我的诗句黯然失色。他们的血液中同样涌动着激情。他们的浪漫、童真，他们对人生、艺术的感悟一点都不少。他们也是一条生命，也有叹息和欢呼。他们与我们这些所谓诗人无非是表现形式不一样。我们是用几行字写出来，他们是用那一笑一叹表现出来。在他们的生命体验中，诗的成分一点也不少。诗是属于全人类每个人的。界定是否是诗人，只有一个标准：那就是看你是否写得出诗来，写得出好诗来。写出好诗来，就是诗人。如同商人，看你是否赚到钱，赚到大钱。

因为邹进出诗集，使我向邹进走近了一步。我看邹进的诗很感动。我肯定地说邹进是诗人，他的诗很好，尤其是《日出·印象》《为美丽的风景而忧伤》《梦幻者的夏日午后》三首诗，太好了，任何理论评价都是苍白而多余的。好诗无需评论，全在读者感受。你就读吧，很美！

在读邹进的诗集时，我想起宋朝苏轼的一首名为《琴诗》的诗："若言琴上有琴声，放在匣中何不鸣？若言声在指尖上，何不于君指上听？"因诗而走近邹进，我发现邹进依然，他直率、真诚、爽朗的笑依然。因邹进而懂得自己，我发现我亦依然，我对诗的执着、热爱、探索依然。我读邹进的诗，感觉甚好，皆因邹进的诗是那"琴"，我的心是那"指"。在这"琴"与"指"的相奏相融相和之中，我有了无与伦比的感觉，一种厚积薄发的冲动，使我这只毛毛虫浑身发痒，我在蜕变，我会化蝶飞舞。我要写诗，用我写的好诗来证明我是诗人。

走近邹进，使我感到——赚钱很美妙，但写诗比赚钱更美妙。

　　我想赤子七弟兄不久也都会动起来。

　　上述所谓，皆因邹进。走近邹进，道声极是！

二〇〇五年六月三十日

银川

为美丽的风景而忧伤

邹进是个好同学

—— 为邹进诗集而作

刘　波

老兰出诗集。

小邹也要出诗集。

人近黄昏，才絮叨，翻腾陈年老账，据说，最热衷的话题是爱情和战争。如今，老兰和小邹，一为中层官员，一为中产商人，人到中年就开始忆旧，不是絮叨而是发骚，翻腾的，也不是初恋，而是带了腥味的青春期和文学梦。

老兰端坐在吉林省省会的某幢衙门里，难得一见。每次回长春或他来北京见面，老兰在我眼中的形象总是一个样：腆着肚、昂着脖、腋下夹一只公文包，身后跟着一辆小车和一个办事员。老兰喜欢在饭桌上向所有女士敬酒，很符合他诗集中那些已经完成的或未竟的偷情。怎么说呢？还算"纯真"、"浪漫"吧。可这两个词一加了引号，就变味了，几近于人到中年的"发骚"。

邹进就在北京，八十年代，我们的见面，如同情人幽会，频极了。那时很少吃馆子，聚餐大都在家里，没少去他家撮饭，记得他妈做的"阳春面"，特好吃。在饭桌上，邹进是"打扫战场"的人，喝尽剩下的酒，吃光残羹败叶，绰号"泔水桶"。

那时，一盆拌黄瓜就能侃到深夜，抽象的诗、怪诞的小说、大而无当的文化，让我紧张得结巴，也让小邹激动得发飙。某年冬天，单身汉小霍扛来单位分的半只狗，就在小邹新婚不久的陋屋里炖上。昏暗的灯光下，小邹喝得找不到北，把人当成酒瓶，把锅盖当成人。

大学四年，难忘的，当然是诗社"赤子心"，七人中，年龄最小的是邹进。傻呵呵地笑，一脸天真的诗人梦。那气质，类似穿大褂、围长围脖的五四青年。记忆最深的，是邹进为我和大品朗诵，那首诗叫《我的小马车》，还真有点童话的意境。不知为谁而作，大概是写给初恋情人的。

毕业前不久，在吉大校园的某片小树林里，坐在斜坡的一棵树下，我、邹进和白光，背着诗社的其他人，狼吞虎咽地抢吃一只烧鸡。邹进一贯腼腆，哪里抢得过我和白光。后来，每次提及此事，定要争论谁抢吃了最多，而争论只在我和白光之间，小邹被排除在饕餮之徒以外。无论准流氓白光如何笑嘻嘻地抵赖，我敢肯定，白光吃掉了大半只，还被鸡骨头卡了嗓子。

现在想来，报考中文系的人，大都不太正经，文学梦之于年轻人，相当于上市公司老板之于走街串巷的小贩。

为美丽的风景而忧伤

028

当年就在名扬全国的准诗人敬亚崛起的那一瞬，似乎为诗社的所有人照亮了前程。可后来，他入股市，先赚后砸，差点跳楼；一个当过海军的同学忽悠他涉足房地产，刚有点大款相，小心脏就顶不住了，只好跟着老婆去欧洲转一圈，然后，每次电话，他都说："歇了。"

学校里的老实人大品，让文学梦变成了商海里的"鲨鱼梦"。在东北挨了几刀，据说自个儿的血都流光了，现在体内流的都是别人的血，那股不着四六的癫狂，那种一妻一妾的繁忙，动不动向小妞们展示上半身的大伤疤，硬说那是英雄传奇的见证。

一脸怪笑的傻白光和有点木讷的老兰，虽说两人都是无甚大野心的小职员，但也知道吃皇粮的便宜，吃上了就不愿松口。咱也不知道二人是否廉洁奉公，"三个代表"学得咋样，在党的冰箱是否一直"保鲜"！

唯一还被社会称为诗人的，只有诗社的唯一雌性小妮子。

邹进做上文学梦后，就看不起机关小吏。他在保险公司当秘书时，我曾光临他的办公室，看他忙碌的样子，我可能说了句挺损的话。不知道邹进是否受了刺激，没过多久，他就为了"高雅"的文学，离开"粗俗"的机关。他先教书，再编杂志，与作协对抗，颇为悲壮地为《中国》送终。

那是小邹文学生涯的顶点。

没圆了文学梦，人就到了中年。记得一九八七年，在

当年赤子

大品的勾引下，我与邹进曾南下深圳。在广州站前的流花宾馆吃早茶，几个北方来的蛮人，一阵风似地吃了二十几个小笼屉，小邹自然负责最后吃光所有的笼屉。

我看到一对广东男女，只围着一小屉凤爪，啃得每节小骨头都晶莹剔透。无怪乎，看到我们桌上不断增高的空笼屉，特别是看到小邹打扫战场的最后吃相，一座广东人皆惊。

那次南下，在火车上打牌，小邹一人独输。我在蛇口和深圳两地狂侃一通，就打道回京。令我万万没想到的是，小邹真的就留在了深圳。看来就是那次南下，让小邹看清了自己，从此变成了商人。

从四处揽活的包工头，到蜗居地下室里的小书商，再到买下一栋楼的董事长；从开运货卡车到开捷达，再到买台只能给老婆开的奥迪，小邹一步一台阶，但小邹的穿戴总还像个文学青年，经常顶着乱糟糟的头发上班，如同他写给公司庆典的最新诗作。

谁晓得，那保险行当，日后一路蒸蒸日上，终于变成暴利一族。如果当年绝了文学梦，现在的邹进大概已是某上市公司的老总了。唉，命运无情呀！

但，无论如何，性格决定命运，邹进也还是邹进。他之于我而言，不是商人，也不是"赤子心"的文学梦，而是一个朴实的大学同窗。

邹进与刘霞生于同一天，愚人节里的生日聚会，从来没有愚弄和欺骗。他曾帮刘霞换过灯泡、煤气罐、搬家之

为美丽的风景而忧伤

类，也为刘霞写过诗评。至今，过去嫁了别人、如今嫁了我的刘霞，最怀念与小邹一起喝白酒的日子。

在一场劫难之后，邹进给过我许多温暖，他给我前妻送许多补品，和蒋华一起带我儿子去游乐园。还有一个夜晚，在西三环花园桥附近的路边，他陪我坐到很晚。

也许最重要的是，大学毕业后，如果邹进同学不分到保险公司，我断不会经常出现在西交民巷，也断不会认识当时在金融出版社做小编辑的文学女青年刘霞，一床好梦也断不会发生。如此想来，真是后怕！

故而，邹进是个好同学。

二〇〇五年二月十九日
于北京家中

当年赤子

释放自己

白　光

　　写诗干什么？释放自己呗。

　　人在现实中，有许多无奈、无聊、无能为力，有许多想法不能实现，许多阴谋无法得逞，许多精力无处宣泄，许多感觉和感情飘在空中，那么怎么办？只好逃到诗里去。所以大多数诗人是病态的、软弱的、虚伪的、造作的、孤独和忧郁的，把本应该伸出去对付外界的触角缩回心里，搅和一些图片和意象来掀起内心的风暴，然后自得其乐。当然也有少数诗人是表里如一的，比如李白、普希金，这些家伙心直口快、敢想敢干、胆大妄为、快意恩仇，诗歌只是他的人格、情感和行为的向外延伸。在我认识的诗人中，邹进就属于这一类，在他二十几岁的时候，疯狂地写诗，虽然没写出特别叫绝的东西，但他却具备了独特的"诗人气质"，这种气质一直延伸至今，为人为事，大胆果决，一意孤行，沉迷事物，不能自拔。倒真是这种气质造就了他，成为一个有魅力的角色。

　　说起邹进的"诗人气质"来，那要从大学时代谈起，

为美丽的风景而忧伤

那时候都二十几岁，邹进隔几天就会拿一沓诗稿给我。我们诗社有一个惯例，每个人写出东西来，大家都传阅一圈，在旁边写上一堆印象派的点评，东一句、西一句的，写什么的都有，然后再来修改，成型之后就四处投稿，如果发表了，领了稿费了，大家就吃一顿。看邹进的诗，感觉最深的是一个"真"字，少年朦胧恋情、青春期的躁动，毫无保留地跃然纸上，记得当时我们都记住了他写给儿时"恋人"的一句："我们长大了，长大了就陌生了吗？"不过最来劲的还是听邹进朗诵诗，毕业前夕班里搞晚会，邹进的节目当然是朗诵了，这小子一上台就气度不凡，开始时右手还插在裤兜里，由漫不经心过渡到神采飞扬，高潮时全情倾注，嗓音都变味了，似乎要把心都掏出来让你看看，结尾处掏出了右手，"啪"的一声翻过一页，也不知用了多大力气，"啪"的声音至今还回响在耳边，那动作、那气派，神了。四年的大学时光，我们是一同在诗歌的陪伴下度过的，现在回想起来，那时的生活很苦，大家凑在一起吃一只烧鸡就像过年似的，不过苦而有滋味，算起来这段时间是我们一生中最痛快、最无所顾忌、最敢于打破常规的几年。

毕业后，大家天各一方，很少有机会在一起交流，互相勉励。因此，不约而同地都一点一点地失去锐气，落入俗套。一个最重要的标志，就是大家都很少写诗了，更准确地说，都写不出来诗了。即使是逃避现实，发泄内心苦闷的玩意，也拿不出来。好在邹进就是不写诗了，也是以一颗诗心来对待生活，毕业后他分配到一个令人眼红的单位——中国人民保险总公司，可他没干多久就忍不住办公室的寂寞了，先是走南闯北办学习班挣钱，又跳回文学界里办起了《中国》和《金三角》，直到几个哥儿们把这些期刊都折腾黄了，自己又去开书店，最近听说他的书店办得有模有样的。

算起来毕业都二十多年了，我们也轮番地给一个又一个同学庆祝了五十大寿了，活到了这把年纪，见惯了世上百态，生活反倒自然了。继老兰开始恢复写诗后，大家的兴趣又都回来了，又有闲心也又有激情了，纷纷整理诗稿，先把少年时期的诗作来一番回顾和整理，又筹备写一批新的。听说徐敬亚又洋洋洒洒地写出了一篇五六万字的关于诗歌回归自然的六条路径。恐怕我们也都是在回归自然，这也是不约而同的。从"少年不识愁滋味"到"天凉好个秋"，倒也算是"书归正传"。

单凭这本诗集给邹进的诗人生涯盖棺定论有些为时过早，尤其是面对这个善变的家伙，说不定几天后又搞出什么劳什子来。但是既是诗人，就需要有释放自己精神的东西，完全靠诗来释放难免无病呻吟，敢于在生活中碰撞多半是满身伤痛，能在诗歌和生活中同时释放自己的，才是硬汉。

二〇〇五年七月十日
深圳

为美丽的风景而忧伤

"陌上花开"

人

空虚的人觉得充实，
充实的人感到空虚。
诚实的人怕自己虚伪，
虚伪的人嫌自己诚实。

一九八〇年

夜里，风声

——记一九七六年某夜

风，像警车尖厉的汽笛，

从昏黄的大街上驰过；

风，像夜空破裂的雷鸣，

在陡峭的山坡上滚动。

风，守在山头，

像狼群肆无忌惮；

风，从我门前走过，

像鬼魂脚步轻轻。

风，倾泻下万吨沙石，

要把这坍陷的世界埋没；

风，在空气中挤撞着，

要把这堆积的黑夜炸平。

夜里。风声。

我从风里辨别着各种各样的声音。

一九八〇年

为美丽的风景而忧伤

038

童心

你怎么不上我家来了，
还记得咱俩小时的情景？
在那好多个停电的晚上，
你唱歌我吹口琴。

蜡烛的火是那样的轻轻，
咱俩的心也在那上抖动。
你都唱累了，妈妈们还不回来，
我搂紧你，不让你哭出声音。

咱们长大了，长大就陌生了么？
见面你都不敢看我的眼睛。
从前在草地上滚作一团，
而今偶然相碰也那样吃惊。

只要你别把这一切说破，
多好呀！咱们还像小时的天真。
长大了，大有大了的事情，
可我还爱草地上跳跃的那颗童心。

一九八〇年

发现

她要走了，她是我最好的朋友，
每天上学我都跟她一起走。
她要到很远很远的地方，
我们再也见不着了。

我跟着她一起上了火车，
我要像大人那样跟她握一握手。
正在犹豫之间，就被拉了下来，
爸爸呀！……可是我不敢说。

不是爱情，但那是爱，
我知道爱情是爱的果实。
我跟别人握手都是假的，
想跟她握手才是真的。

她带着我的爱走了，（她不知道）
去爱那里的人，那里的土地。
第一次送别，我发现了，
爱呀，原是那样酸溜溜的东西。

一九八〇年

为美丽的风景而忧伤

青春

一行绿色的脚印，
从冰封的荒原伸进我的心灵。
这个神秘而又动人的少女，
醒来了，在一个初春的早晨。

我听着，那脚步像是音乐，
落得很轻，似又无声。
我驱使眼睛四处搜寻，
在哪里？她早早而来，又不见踪影。

春的潮汐，花的芳芬，
奔跑着的雏驹我的感情。
按捺着激动又模糊的渴望，
窝藏着一颗萌动的心。

那闪烁的五彩的玻璃，
这动摇的不定的爱情。
不要责怪吧，这是在选择，
那桃花的娇美，梨花的单纯……

一九八〇年

陌上花开

葡萄园

记得吗？咱俩第一次钻进葡萄园，
是怎样一个奇妙的梦境，
那红的、绿的、紫的，
是我童年的万花筒。

起先咽着口水，谁也不敢轻动，
突然又变成小猴子，真不费劲！
一边吃，还一边往背心里塞，
还一边瞧着有没有来人。

吃多了酸葡萄不能吃饭，
你骗妈妈说是牙疼。
直到那一次被人逮住，
才吃惊地相望，默不作声。

如今葡萄还挂在我的梦中，
但愿长睡我不愿醒。
呵，梦里回味幼时的甜蜜，
醒来一笑，抖一抖精神。

一九八〇年

虽然

虽然我没有爱上哪个，
其实我已经爱得很多；
凡是纯洁正直的姑娘，
都被我深深地爱过。

虽然我已经爱得很多，
但还是怀着爱的寂寞；
因为还没有一个姑娘，
从心里真正地爱我。

等到有一天爱到狂热，
胸中盛不住爱的圣火；
我会对她们其中一个，
把一切都向她诉说。

等到那时候爱得难过，
就会奔腾起爱的狂波；
我要用我滚烫的热吻，
把她薄薄的嘴唇烧破。

一九八〇年

一些数字

我在梦中又见到你，
你在我手上写下这些数字。
我带着这个抒情的梦呵，
跪在地上给你写诗。

多少封信压在我的心底，
莫非这是你给我的地址？
迷乱的星空呵在我窗前波动，
无数点星光把我的信笺打湿。

一些省略号打在过去的日子后面，
那些日子在我心中从未消失。
今天呵爱情正在疯狂地生长，
那是多年以前无意间丢下的一颗种子。

太阳升起的时候，我要去投寄，
让爱情成为我们的信使。
你要细细地品尝我的痛苦，
让我少年的梦呵戛然而止。

一九八五年

大江的早晨

大江你醒了，
撩开夜的沉重的被子。
我坐在你岸边的石头上，
低低叙述着我的情思。

你的浪打在我的脚下，
像爱的手臂又像拒绝的表示。
你的风响在我的耳边，
像爱的召唤又像得意的讽刺。

我等着，等着，
等着你把一颗炽热的心从水面托起。
我将不顾一切向你扑去，
我情愿在爱的圣火中烧死。

太阳升起还会落下，
你在我心中永远不会消失。
我爱你像爱孩子一样生动，
爱你像爱母亲-样真实。

一九八〇年

黄昏·夕阳·海

黄昏停泊的
　　　　静静港湾
碧波
　　鸥群
　　　和白白的沙滩
呵，夕阳
　　升起来了
我的心和你
　　都在天的那边

夕阳，夕阳
飞鸟构筑的归巢
大海，大海
晚风开垦的荒原
宁静
　　和谐
像心与心一样贴近
也像心
　　那么遥远

长长的地平线

影影绰绰

　　　一片褐色的风帆

晚潮轻快地

　　　走来了

慢慢推起我的思念

焦虑的海鸥

寻找着夜的归宿

几次撞进眼帘

记忆和幻想

昨天和明天

幸福的一刻如果化为永远

夜

　靠在船舷

我独自

　　走上甲板

一九八一年

陌
上
花
开

月光·海

也许有些话

对谁也不能说

像海底的太阳

深深地埋在心间

也许鼓足勇气说出

却被一笑置之

像一股灰色的风

掠过海面

倒不是怕什么痛苦

却也很可惜呀!

哦，我的大海

对你我默默无言

月光

    被海浪揉成缕缕思恋

走下倾斜的海岸

长长的黑影缩短

挖一个小坑

    埋下梦幻

把手插进冰凉的沙中

等海浪一簇簇推来

和苦涩的风

　　一起把它浇灌

风扑进胸怀

　　又落在脚下

悄悄地

　　一个黑色的微笑漾出嘴边

低下我的头

对着离去的地方

我的心

　　遥远……

一九八一年

海·岸

岸，在我心中倾斜着
像张开的弯曲的双臂
岸，在我眼中变幻着
像变化的黑云的缝隙
海呵，你怎么一动不动
你的森林倾覆在哪里？
海呵，这样呆滞地望着我
像一曲没有变化的音乐？

不，你是阳光和风的组合
你是诗和音乐的形体
你是力的排列
你是生命的律动
你是忧郁的
汇集着人间苦涩的泪水
你是乐观的
舒展着东方灿烂的晨曦
呵，旋转起来吧
并非因为我把你鼓励
呵，躁动起来吧
为何你还是如此平息？

你伫立在岸边

像一个静止的波涛

我走在海滩上

像一座活动的礁石

默默地

　　　朝夜色袭来的地方走去

背着光

眼泪不会被人注意

你听……在我身后

你听！涛声渐渐升起

风

　遥远地伸向我

死死地扯住

　　　　我

　　　　　翻动的衣裾

呵，我的心

　　陡然惊起

猛回身

　　伸出我的双臂

我要投进你的激情怀抱

用我的渴望接触你的丰满肉体

等我把眼中的泪水

　　　　全部洒出

大喊一声：

　　　　这才是你！

一九八一年

为美丽的风景而忧伤

孤独

我有许多朋友，呵朋友，
即使在你们中间，我还是感到孤独。
还是让我一个人走走吧，
让我躺在夜的最深处。

我需要厮打，疼痛，惊吓，恐怖，
用所有一切把空虚的心灵填补。
空虚像一个深窟，无边无涯，
能够装下所有的国土。

不，只要有一个声音，一个声音——
能使空山充满回响；
只要有一句话，一句话——
就像阳光把寒夜、苦寞顿时驱逐。

幸好还有孤独陪伴，
无数星辰在我梦中漂浮。
也许是你无意的一瞥，
都溅起我一片激情，使我欢呼。

星星呵，深藏着一个个青色的黎明，

低下头，让我吻你的眼睛。

呵孤独，与黑夜携手而去吧，

不要跟我，我要去看日出。

其实，我何尝不敢说出那句话，

只是我想，那句话由你说出。

可是，爱神来了，我不再等待，

正是好时光，让我们接受祝福。

一九八一年

为美丽的风景而忧伤

日出·印象

黑夜在东方断裂了
在人们死寂般沉睡的时候
东方，那储存着无数个早晨的东方
橘红色的黎明又轻轻飘出

头上是乌云
变幻莫测，密谋着颠覆
白云在脚下
汹涌而来，像一阵阵舒心的早潮
呵，芳香，可感的芳香
——半壁天空奇异的花朵
梦一般可爱的幻想呵
把芳香送到我心里

星星闭上疲倦的眼睛
风也无力地落在树林里
阴影潜伏在石头后面
黑夜在退却，何时又重新集结
处处是无形的冰凌，冻结的天空哟！
松懈的意志在牙齿上颤抖
没有比这更令人恐惧的冷寂

好像世界上只剩下我，再没有生命
我知道等待的意义
我用仅有的两只眼睛
用大树一样伸展的每一根神经
用我的全部身心静静等待
……

飘动的云丝染上鲜红的色彩
像通红的马鬃甩在天上
那是一匹就要挣脱缰绳的烈马
向我嘶叫，鼻息喷上天空
天际的电闪带着串串惊雷
在没有遮拦的山坡上滚动
那声音摔打在石壁上
整个山谷顿时充满回声
这是巨大的前奏曲
是呼唤，是鼓动
开始了！开始吧——
我的心在上升！

在东方，啊，东方哟！
给黑暗的世界带来光明的东方哟
给潮湿的心灵带来希望的东方哟
燃烧着烈焰的东方哟

充满了挚爱的东方哟

再现的古战场飘飘旌旗的东方哟

正义和邪恶决一死战的东方哟

在轰轰作响，在呐喊，在呼叫

无数的光子、粒子在飞奔，在歌唱，在舞蹈！

啊，东方，这世界上最大、永远也无法企及的加速器

人类的希望、信念被它加快到近于光速！

啊，东方，这自由的东方

给每一个禁锢的心灵以真正的解放！

太阳从云海里挣脱了

带着我灵魂的呼喊露出了一点！

这是白日与黑夜一刹那的链接

这是告别了过去火热的一吻

我听见婴儿呱呱坠地的哭声

是一支动人的歌灌注了寰宇

啊，这金刚石一般的日出哟

带动着所有腐朽向新生的转换

它凝聚着渴望、追求、我的自信

这巨大的凝聚力，是我坚强的生命！

太阳哟，山鹰用它烧不焦的翅膀托你飞翔

我的灵魂也向你飞去

难道只有你才有个性

让我和我的太阳碰怀!

太阳哟,你从我身边升起

我是你身旁一棵扶桑

你像孩子在云海里洗浴了

然后我把你托在手上

太阳哟,你把阳光洒落大地,像血

包藏着无数生命的能量

而我的血是液态的阳光

需要时洒出来也一样照亮大地!

我在哪里? 对着天我问,对着地我问

云雾没有散去,我的身后是雨

我站在长白山之巅,日出的时刻

终于发现了我自己!

在生命的链接里死亡消失了

相信未来,理想不再渺茫

把太阳移植到我胸中

我要我的骄傲,我的热情,我的年轻!

啊,阳光,这金色的海潮

冲破一切堤岸,将黑暗全部荡去

乳燕从石缝中飞出,撒满天空

追寻着梦中的声响,带着惊惧,也带着欢喜

啊，朋友，我的朋友呵
你们都在我身边，都在我身边
你看那日出，你看！
你看那日出，你看！！

一九八〇年

秋颂

秋天，马蹄声声
在淅沥的雨声中由远而近
秋天，一个宁静的微笑
浮出梦幻般凝视的眼睛
秋天，落英缤纷
在黄昏时分悄悄降临
如期而至的秋天，像浑圆的落日
再现古战场壮阔的情景

秋天，是沉思的季节
收获过的田野里一片宁静
让我们去那温柔的夕阳下面
我要对你说起许多纯洁的事情
诗人没有死，就在这里
只是他想得太多，却什么也想不分明
思想者在深山里
拾起一片落叶，打开秋日窗棂

秋风吹来，诗人的心恬静
那顶草帽丢在山上，任风吹雨淋
失败也许不可避免，就像成功难以预料

但道路在脚下消失，就会从脚下延伸

我曾经那样爱过，又那样恨过

今天，一切都化为深深的同情

无意的过失就相互原谅吧

只有爱，能消除一切偏见和仇恨

天空是蓝色的，阳光没有腐烂

每一片树叶上，都燃烧着生命的激情

从来没有像今天这样需要色彩、音响和诗

从来没有像现在这样需要阳光、空气和风

沉甸甸的葡萄挂在树上

那是已经成熟的爱情

认真地追求吧，像伐木者一样执着

像少女一样钟情

秋天也有眼睛和心灵

它用诗和梦想伸展我们

生活过，才感到生活美好

跌倒过，才发现道路分明

没有和我跳舞的姑娘也是美好的

一切都无须责怪，秋天为我作证

在秋天相爱吧，我们会相互宽容

充满挚爱的秋天呵，我早已泪满衣襟！

一九八一年

为美丽的风景而忧伤

一

月光被晚风轻轻拨响
这美丽的风景更使我忧伤
星星撒下细碎的花瓣
最后一缕晚霞也飘出芳香
深深思恋让我今夜无眠
痴情写下一页页爱的诗章

二

你的足音有如梦幻
你的身影让我周旋
你的眼睛像星光闪烁
你的微笑使我更加困倦
我的心在无声地向你宣誓
摘一片绿叶，写下爱的箴言

三

小河里是否漂满长笛
山坡上有没有花的消息
一匹小马低着头跑向河边
失恋的人从窗前悄悄离去
谁为我唱起那支忧伤的歌曲
谁陪伴我踏上这夜色之旅

四

不肯接受暗示的姑娘

今夜让我无限惆怅

我的骄傲被你粉碎

我的勇气也被你埋葬

可是，我要拾起这面破碎的旗帜

就是失败，也要让她高高飘扬！

五

我不得不又要赞美我自己

我已经是一个二十二周岁的男子！

我是火山，深藏着压抑热烈的熔岩

我是江河，贮满了奔腾激荡的动力

我是歌手，我要沿街为人们歌唱

我是诗人，我要用赞美主持婚礼

六

走廊上响起温暖的足音

我不敢回头，闭紧眼默默谛听

那脚步若是在我门前停下

我要冲过去，解下那蓝色头巾

今夜，我的心被你流放荒野

我的女王，一句话将决定我的命运

陌上花开

七

我不会因为你，把自己修改
如果改变了，也会比今天更加精彩
我的诗像一条路向你铺去
踏上它吧，踏上它你会逍遥自在
千万不要做作，姑娘
一颗稚嫩童心才会换取我的宠爱

八

我的心还是那样焦急
难道没有引起你的注意
明天，我要像骑士一样站到你面前
用颤抖的声音大声叫你的名字
我要把一只橘子放在你的手上
然后拉上你，踏着嫉羡的目光傲慢地离去

九

夜空中的谋士纷纷躲藏
早晨，我走向大街，走向粗犷
被流放的太阳回来了
在你的脸上留下爱的印章
不要以为我爱得荒唐
因为是你让我幻想，使我疯狂

一九八一年

"我的夏天"

我的夏天

当种子在夜间碎裂

在遥远的地方拱起一座山

竖立着的阴影后面，太阳慢慢站起来

站在早晨，像一个魁伟的汉子

在朋友来齐的时候，带上女伴

一起走向一个夏天

赤着脚的风儿，一群群穿过树林

没有在松软的河滩上留下足迹

雨后的草坪上，丢下了姑娘们的草帽

和一个永远说不清的数字

她们把花朵放进竹编的篮子里

然后追上我们，又跑到前面去了

当所有的窗户都敞开的时候

心情会像天一样蓝吗？像一件晾在绳子上的衬衫？

叽叽喳喳的孩子们，会像藏在林中的鸟儿

一起飞跑吗？而和我一起长大的女友

穿着长裤，把手放在胸前，用她

多么东方的眼睛，暗示我一个永久的含义

五月的鲜花疯狂起来，不再娇嗔

把它们所有的话语，都倾泻给沉默的土地

它们不疲倦、不悲哀、也不快活

又像诉苦一样，仍旧大声地诉说爱情

在城市的街道上，一棵梧桐树盛开了

而在远离城市的地方，海却平静得可以行走

不要忘记，那将是我的夏天

向晚的群鸟在树巅和屋檐下急切地旋转

它所有热烈的、爱恋的、悲哀和愤怒的炽情

都属于我，在夕阳的光照里化为一片温柔

而一次瞬间的回忆，涌动的五月的雪潮中

已过的春天的瑟缩的影子，在林边一闪而过

一九八二年

为美丽的风景而忧伤

六月之夜

这毕毕剥剥、稀稀落落、淅淅沥沥、点点滴滴的
像是脚步像是暗语像是喜悦像是忧郁的
六月之夜，小白花开了一层层
青色之马载着它酣睡的主人奔跑
使我想起那个再也见不到的女孩子
那年梦像鸡冠花一样开放了

有几片海棠的叶子，还是红色的吗？
风和群鸟一起，早已飞回了窝巢
所有的星星都聚在一起，默默倾听了那个伤心的故事
孩子哭了，婴儿车放在门前，像一只玩具
而那个悲惨的故事渐渐变得美丽起来
他们相会的日子不远了

那扇窗户怎么也关不上了
窗前的葡萄树，正密谋着结下一串串小小的果子
起风了，那个夏天，所有的裙子都被刮跑了
赤裸的姑娘们把头埋在草地上，一直睡到傍晚
在干燥的夜的周围，有雨了、地湿了
伸缩不停的巨大阴影，在苔藓上游动

069

在六月之夜的深处、最深处

在思想最明亮的时刻，升起一堵雪白的墙

从这雪白的墙上，念出我的名字

然后它就消失不见了

在窗前坐下，若有所思，聆听

那小小白色的花朵，在马蹄声中静静开放

钟声还未停息，像一群群鸟从城市上飞过

落叶般的屋脊翻动着，这些温暖的叶子！

六月之夜，深邃而又单纯的夜呵

这毕毕剥剥、稀稀落落、淅淅沥沥、点点滴滴的

使我又想起那只跌死的麻雀

那年夏天，我曾为它堆过一座小坟

一九八二年

为美丽的风景而忧伤

孤独的松树·感想

它辽阔的身姿！那棵孤独的、冥思的、活着的松树
自鸣钟响过一下，松针放射开来
那些杨树的快活的叶子，像不愿午睡的孩子们喧闹不休
在蝉声的轰鸣里，大街慵倦地仰息着
那棵孤独的、冥思的、活着的松树
就站在马路的对面，困顿的、没有灵感

一个蓬乱难理的头颅，一千只烧焦的弯曲的手臂
紧抱着一团庞杂的思想，镌刻着洋溢过的热情
没有鸟雀飞来，在它的枝干上嬉戏
它唯一的伙伴被城市赶走了，只剩下一个回忆
皲裂的、突兀的树干上，留下心灵的悲怆
空中翱翔的鹞鹰，是它飞出的一个可怕的念头

我默默地阅读着它，它的每一根针叶
它每一根针叶上都映现着凝结的碧血
这是一座活着的、生长着的纪念碑
记载着无数平凡而凶残的业绩
在它罪孽深重而又充满光荣的身上
喧闹的声音过去了，只留下大的悲哀

它不是一个，比蝉声更加清晰的

遥远的呼唤，是它仅有的一个妄想

在浩荡的松涛里，它卸脱了不属于它的使命

荣辱毁誉，肮脏的阴谋和伟大的计划

每一根针叶都在占取阳光，每一条根须都紧张地搜索水源

既不卑鄙，也不崇高

这棵孤独的、冥想的、活着的松树

直立在猛烈的阳光下，横展着，一动不动

并不是等待时机，也不缺乏生的意志

在内心的喧哗与骚动中，它藏起了一个白日的梦！

这棵孤独的、冥想的、活着的松树

倾听着明亮的钟声，不肯说出自己的意图

一九八三年

为美丽的风景而忧伤

告别

你的光芒万丈的身躯在消失掉
为了告别夏天的仪式是隆重的
阳光发出金属的声响
那面焦灼的旗帜还在飘动
它飘啊，它要作无限的忍耐
风中之树，用狂草体书写不安

为了什么原因，那些模糊的东西
不能说清楚呢？屋顶上站满黑鸟
说了许多废话，我们都疲倦了
可想说的，总也说不出来
鲜红的玫瑰花下边，时光越发沉重
而深沉的梦乡中，那棵蓝色的树再就没有出现

我们会想通的，我们就快活了
学学那些孩子，他们做完游戏都回家去了
你不能学得平心静气吗？不对吗？
不会也拿一只小板凳坐在他们中间
一切又都平静下来，一切又都消失掉
你走进荒山，你找到了一万年前的寂静

我还是需要你，并非为了永恒

那朵玫瑰，它要愿意就能开得长久

绿色正在被融化，这里正在变成沙漠

而那个沉默的人，正沿街向人倾诉

在我要写诗的时候，却被一部糟糕的小说迷住

里面写了关于天狼星的传说

告别夏天了！所有热烈而冷漠的

旗帜，将被粉碎而飘满大地

有我们幸福的时候，也有我们难过的时候

很久前，积存着雨水的脚窝里，已经长满青草

夏天没有消失！但我注定要离你而去了

在错身而过的那瞬间，我的钟变得缓慢

一九八三年夏

为美丽的风景而忧伤

中国

在外婆月下叙述的故事里
在妈妈没有歌词的谣曲里
在我的第一本小学课本里
我看见你，叫你的名字

在马王堆出土的两千年的竹简上
在故宫博物院的景泰蓝瓷瓶上
在磨破了的我那本《唐诗三百首》上
我看见你，叫你的名字

在高年级同学为我系紧的红领巾上
在胸前闪烁的共青团员徽章上
在我庄严递交的支援边疆的申请书上
我看见你，叫你的名字

在我睡过的五尺半的土炕上
在我犁过的无边际的黄土地上
在我赶过马车的乡村大道上
我看见你，叫你的名字

在被乌云涂抹的天空中
在被黑夜浩劫的大地上
在被森林囚禁的每一片树叶上
我看见你，叫你的名字

在凝聚的闪电包含的春雷中
在融化的星辰汇合的曙光里
在黑暗行将消失的一刻
我看见你，叫你的名字

在沉默的海滩上，我等待晚潮时
在愤怒的台风中，我呼唤暴雨时
在动与静的一切时候
我看见你，叫你的名字

在我所有的记忆里
在我一切的向往里
在我无数失而复得的希望里
我看见你，叫你的名字

在永远追求的人类的自由里
在重新获得的民族的解放中
在生存和发展的挑战时刻
我看见你，叫你的名字

当年轻母亲挤上拥挤的汽车
当老年乞丐伸出肮脏的双手
当农村孩子走进危险的教室
我看见你，叫你的名字

为美丽的风景而忧伤

当女排姑娘摘下奥运金牌
当长征火箭冲破祖国蓝天
当中国总理登上世界论坛
我看见你，叫你的名字

因为有了你，才有我的生活
在你康复和我成长的心上
颤动着一支美妙的旋律
是我对你的热爱

因为有了你
才有我爱和恨的一切情感
这两个字平凡得好像两亩地
却包藏了我全部灵魂的呼喊

是工地上沉重的夯声
把这两个字深深打进我心中
带着满怀挚爱和痛苦的渴望
我大声地叫着你的名字——

中国！

一九八四年

我的夏天

钟声在响

车轮歪斜地碾过山冈
我听到钟声在响
一道深深的辙印里
浸满金色阳光

在城市边缘，森林之上
钟声在响

夕阳吻着每一片树叶
收割过的田野，并不空旷
每一只归巢的鸟儿
挟着一缕金色的光束
那样匆忙
成熟的葡萄
带着钟声
一颗颗落在地上

落日下边
是钟声在响

落日如此辉煌

无数花朵开在原野和山冈

山坡上的那些墓碑呵

此刻都被照亮

我在想，生命与死亡

也是这瞬间的印象

美丽

惆怅

我感到一种渴望

此时，钟声在响

一九八三年

我的夏天

两只眼睛

你对我描述了那两只眼睛
是我没有看到的两只眼睛
我开始幻想

——题记

每天
我都在这里听见午时的钟声
在钟声里
我又看见了那两只眼睛
世界还是黑漆漆的
它们从来没有睁开过

这是深秋
我们想离开这里
于是朝着林子的深处走去
落叶纷飞，我们欣喜而又不安
这时
我又发现了那两只眼睛
在痛苦的深处点亮
树林深处的一眼古井
不知有多深

马蹄声由远而近

在朦胧的月光下面

似乎从山前一闪而过

山路消失了，那两只眼睛

又在不远的地方浮现

我小心地跟着它们

它们终于不见了

我感到我做过了什么

给我带来过希望

秋天

一个很有意思的故事呀

不能告诉别人

只在最后，留下一个预言般的祝愿

叶子不断从窗口飞进来

像许多熟悉的话语

亲切而又温存

我从窗口望去

多么深远的世界和清亮的风呵

我又听到了歌声

可是，那两只眼睛呢

我又想起那两只眼睛

它们真的有过吗？
秋天，热烈而困倦的秋天
这不属于它的焦躁和激情
石榴树，一棵石榴树倒下了
我不再去想它们

它们真的远远地走了
没有足迹也没有声音
我把窗户关上
坐下来的时候
就又听见那午时的钟声了
落叶纷纷飞扬
蹄音由远而近

一九八四年

为美丽的风景而忧伤

风

风，从窗外伸进手
在桌上翻着报纸
那是一堆
被堆得发黄的日子
灰尘遮盖了它的年代
那年代人人都有一份可耻
风不顾，一页页翻开
人们不愿回顾的历史
是在一层层撬我的伤疤
还是要把那日子一张张撕去？

风从窗外伸进手
一页页
在桌上翻着报纸

一九八四年

身影

有人使劲敲门
开门一看，是风
我把它推出门外
它还死死扯住我的衣襟

有风使劲推门
掩门一看，呵，是人！
一个小姑娘穿着裙子
像只蝴蝶飞进我的家中

莫非她是风的孩子
一刻坐不住，那么爱动
哦，我们成了要好的朋友
小姑娘自由又有个性

我开门又找那风
田野里到处有它的身影
它毫不客气翻我的书包
把我的稿纸吹上屋顶

为美丽的风景而忧伤

风，像绑着呼哨的鸽群
在空中飞，看不见踪影
我们手拉手跑出家门
田野里飘满了姑娘的衣裙

一九八四年

我的夏天

大街

你从大街上匆匆走过
记得有一天
五彩鸟在这里飞过来去

大街上飘满了车轮
你推开商店的门
街的尽头，有一条细长的胡同
有一间十平方米的房子
有一个温情的女人
和她温柔的声音

是谁踩了上帝的足迹
生下了这些影子们的祖先
五彩鸟忽然飞走了
大街慌慌张张

你横穿马路
没有赶上那趟汽车
你并不沮丧
用六根火柴点燃一支烟
希望在你心里从不消失

你想起在街对面

有一家低矮的小酒店

你记得在背后的外汇商店里

有一双高大的女靴

路的两个尽头

一头是喧哗，一头是宁静

你一点没有犹豫

你习惯了这条大街

你又在想，南方有一个鸟的王国

然而大街还是大街

你沿着大街匆匆走去

一九八六年

夜景

你习惯一个人在一起
今日之夜风花雪月

你嘿嘿地笑嗤嗤地笑哈哈地笑
哈哈
笑得房屋震颤大地倾斜星象偏移
你到处摸索自己的那颗心
从身上摸到地下
你四下张望
那个在哪里跳动的东西

现在你说吧你是谁
不用扪心自问那样太痛苦
十字路口你和她分手
以后，从荒凉的货摊上拿起一包烟
以后，开始了温暖的家庭生活
以后，你感到一场悲剧已经结束
以后，悲剧才刚刚开始
她并不美并不温柔并不贤惠并不并不并不
但你说事实并非如此
你总是在墙上敲敲打打

完后，那钉子说拔不出来就怎么也拔不出来

这当然不是你

你没有扑住那个直接任意球

看准那只得意的足尖

把它当做一生的仇敌

你没有降服那头蛮牛

被它挑向天空一刻

把它当做至爱之友

你拿出最后一支烟

撕开烟纸写下遗言然后扔掉

不带任何对你自己的成见继续活下去

你不都是好汉吗！

今日之夜风花雪月

你安然地躺在大街上

看滚滚车轮滚滚流向大海

你感到创造了奇迹

悲凉的英雄感弥漫了夜空

你慢慢看得清了

电线杆上你的一只眼睛

另一只你也知道

在那条传奇般的小巷深处

不该有人来唤醒你

你蠕动的身躯这样想

起来，起来，那首诗里说冻死苍蝇

它另一部分如此说

你哈哈地笑嗤嗤地笑嘻嘻地笑

嘻嘻

笑着笑着，突然你，你，你

涕泗横流

一九八六年

为美丽的风景而忧伤

现代画廊

最好把一条腿寄存起来
然后进来
注意，调整好眼睛的焦距
距离，一远一近
方位，一上一下
然后进来

地上飘满黑色的花瓣
你身上永远湿漉不干
乌鸦坐满屋梁，整整齐齐
像一群东方朝廷的文武百官

一只脚作为地球的支点
一支笔作为宇宙的杠杆
收集好垃圾
塑造一个漂漂亮亮的世界
你嘲笑别人转而嘲笑自己
你丧失了下一个结论的能力

你必须忘记行走
学会爬行、跳跃、旋转

变成一只金壳的甲虫

退居到洞穴中

安然地聆听有声无声的

音乐

观赏有形无形的

建筑

然而你不能

你喜欢看悲剧

善于演喜剧

和大多数人配合都很默契

一支烟和十支烟的效用

是一样的

十分钟和一个世纪

一样长短

你不过看一看

看一看就出来

突然想起五点之前

你的女友

约会你在老地方

那个十字路口

不要让另一条腿等得过久

在展览馆的存包处

遭受多余的惊恐目光

引起混乱

而这条腿过于发达了

它们的配合就不再和谐

大街上阳光灿烂

你终于感到了安全

你揉碎那张门票扔进废物箱吐出一口长气之后

又是一身清爽

然而界限

是你自己划定的

你没有欣赏过世界

就来到这里

也不会在出来以后

继续欣赏

一九八六年

我的夏天

钥匙

这时我完全接受了
月光的暗示
一摊黑色淤泥
从床沿上淌下来
眼镜蛇在草丛中
发出窸窸窣窣的响声
有一串钥匙对我说
要开门

月光始终是从容不迫的

这本来是多年以前
一个侦探故事

那串钥匙
在衣兜里
在枕头底下
在一片迷失的树林里

那串钥匙哗啦啦地
在耳边响
在眼前晃动
在我的念头里

折磨我
所有树干上
都敞开了门

我的身上爬满青藤
静静地吮吸我的血液
晕眩中
有一些影子出出进进

我又仔细把草稿
看了一遍
发现多出了许多情节
那些情节又生出枝杈
不由自主地发展着
把读者引入歧途
故事已经荒诞不经

还来得及删改
可是月光摄住了我
猛然看见
在窗户的玻璃上
出现一个钥匙的图形
就是说：命运已定

一九八六年

我的夏天

呼喊

你在早晨
忽然发现街上漂满了水草
你还奇怪已经很久
不再听到那种声音

夜里那场雨
不知不觉又下起来
窗台上的花盆
总是叫人心烦
你看见有人撑船过来
拎着一条鳄鱼

你准备用一年时间
画一幅油画
画一个女人的裸体姿势
知道它成不了传世之作

你从白色墙上
听到哗哗流水
水没过膝盖
你感到就要说出那句话了

在白色的墙上
你的画没有完成

一团水草不知不觉
缠住了你
把一种语言
从你的毛孔里传递进去
在你意识到什么的时候
将你拖向深处

一九八六年

我的夏天

荒山之夜

一只金黄色的狼
不断敲打板壁
引诱你走出这间房子
鼓舞你

点灯
披上衣服
写下某种感觉
那只狼蹄伏在脚下
舔着你的小腿

窗外那个人
挑着一副木桶
到河边担水
在河水里
你看见狼
看见自己
月光忽儿消失
狼群在天空中号叫
陷入重围
感到某种抒情意味

狼群围困山头
风如流水低迴
你想起什么
回过头
寻找那间房子

你越走越快
狼群无声地尾随你
不停引颈到桶里饮水
轻轻敲打一块石头
石头后面
传出一些熟悉的声音

远处
狼群早已站成一排
深情地注视你
远去

月光下
正是一片清白风景

一九八七年

我的夏天

钟声

有过许多关于海的传说
多少年前，我们感到呼吸困难
就爬上岸来
关于海，我们再也说不出什么

或者，我们是在退潮时候
留在岸上的

第一次我在夜里走向海
悬崖上蹲着一群孩子
他们尖声叫着
不要我靠近
海，在崖缝里呜咽
在月光下惨叫
沙滩上躺满了它的尸体
海鸥不停地啄食着它
这时候钟声就响起来了

这时候，那匹白马就出现了
它沿着海岸行走
钟声在海上回荡

比海潮更快地漫过堤岸

有许多的树

一会儿消失，一会儿又出现

我就感到在我的身后

有一只巨大的翅膀

在不停地掀动

起伏于荒凉之上的

一片黑色风景

从此海就在我身后

不管我怎样转身

它总是在我的身后

哗哗作响

一九八七年

我的夏天

月光

就在那天晚上
我的马没有回来
我的马是一匹白色的马

有人看见
它沿着长堤跑过去了
还看见它在月光下吃草

要么是春天到了
河岸一块块崩塌
一匹马跑过去
接着所有的马，都跑起来
没有我的白马
没有

每天早晨，每天
早晨，打开门的时候
我希望它回来

听人说，在那边岗子上
有一堆高贵的马骨
有月光的时候
它们就在夜里燃烧

一群群的鸥鹬和狼
围在那里号叫

于是每天夜里，每天
夜里，我把门关紧
谛听着一种声音

门前的树桩上
开出一朵梅花
荒原上又传来马鸣
我想象在我死去之夜
它穿窗而入
踟蹰于我的床前
久久不肯离去

月光多么好
我的白色的马
就是在月光下丢失的

风渐渐地高了
像一群群的马在奔跑
我认出了那匹白马
可我没有叫它

一九八七年

梦幻者的夏日午后

又是那把小号，在每一根叶脉上
吹响，所有花朵，都从深沉的梦中
开放，那座红房子刚刚被风
洗过，忘在绳子上的蓝色床单，不是还在
迎风飞扬？梦幻者在午后醒来
推开门，碰见了外面的阳光

每一根颤动的枝条上，都挂满了
铃铛，弯弯曲曲的树
还在生长，马蹄声消失在山中
不知去处，不安的风聚在门前
扭动着门窗。梦幻者醒来了
一潭绿水，更加使他迷惘

然而小草还是很单纯，灌木丛
还是没有思想，路边的花朵照旧
自由自在地开放，所有树干上升起
风的旗帜，遍地蓝色的火焰
在发出声响。梦幻者走在路上
有一种喜悦，和一种说不出的愿望

为美丽的风景而忧伤

混浊的目光沉淀下来，他感到外面
那么明亮，突然出现的顺风，把一只鹰
摔到地上，春天乘上马车
已经走远，漫山遍野是它留下的
迷人芳香。梦幻者停下脚步
送目远望，他好像不再忧伤

他把阳光装进信封，贴上绿叶
寄到远方，想通的事情要和朋友
一起分享，苦恼本来就是永恒的
如同伴侣，去吧，夏日的晚会
马上就要开场。梦幻者伸开双臂
他听见了，自己内心的歌唱

一九八七年

我的夏天

一棵蓝色的树

在路上
有一棵蓝色的树
一棵蓝色的树
树是蓝色的
一棵蓝色的树

春天，我走进山中
在荒芜之地，它稍纵即逝
我的白色的马
踏着星星般的蹄音跑来跑去

在流淌着车轮的路上
有一棵蓝色的树

在我疲劳的时候
在我将睡未睡之时
有一棵蓝色的树

席子和阳光一道展开
江上漂满了硬币
有许多的船和孩子

在他们中间
有一棵蓝色的树

远处，只剩下了房子
沙鸥被距离淡出了
现在，我只记得
有一棵蓝色的树

树是蓝色的
一棵蓝色的树

一九八六年

我的夏天

"白鹿青崖"

——云游诗篇

云游诗序

行吟者，名邹进，字退思，号半山居士。五年仲秋，十月之末，云游他乡，数年得归。一路所拾，皆是文章，风情种种，何止万千。无奈地僻纸贵，不敷长论，拾得断章残句，以托鱼腹。惟愿嘈嘈切切，知音者听，秋月春风，与朋友共。但且存之正之，不亦说乎？歌之和之，不亦乐乎？他日结集，名曰"云游诗篇"。

虽然无情

虽然无情
那天地化育、万物生长的
是本性

虽然烦劳
那不能不做、使人用心的
是人情

虽如尘土
那纷纷芸芸、熙来攘往的
是功名

虽受毁伤
那生生不息、不能停止的
是雄心

虽处困境
那抱守如一、矢志不移的
是坚定

虽被压抑

白鹿青崖

那疾水漂石、一泻千里的
是激情

虽处世俗
那引领向往、使人高贵的
是心灵

虽然隐匿
那涵养人生、由此及彼的
是德行

虽然平淡
那天天守护、浑然不觉的
是爱情

虽然难为
那求之不得、受敌无败的
是同心

虽说无妄
那亦悲亦喜、幸而免乎的
是梦境

虽然神秘

那知所从来、不知所往的

是宿命

二〇〇六年一月

微乎微乎

微乎微乎，无踪无迹
神乎神乎，无声无息
飘乎飘乎，无行无止
幽乎幽乎，无朝无夕
夭乎夭乎，无来无去
恍乎恍乎，无圣无愚
嗟乎嗟乎，无物无己
呜呼呜呼，无悲无喜

二〇〇六年一月

为美丽的风景而忧伤

114

举杯欲饮

曹孟德横槊赋诗:

"对酒当歌,人生几何?"

苏东坡酾酒临江:

"大江东去,浪淘尽,千古风流人物"

朱仙镇旌旗蔽空

掩息兀术铁骑

黄龙府漫天飞雪

化做"凭栏处,潇潇雨歇"

举杯欲饮

嘴唇与历史轻轻触碰

历史怎会让每一个英雄

都如愿以偿?

韩信功盖天下

不如郭子仪穷奢极欲

伍子胥裹尸沉江

不如文仲携美女乘桴而去

李太白飘飘洒洒

"天子呼来不上船"

陶渊明遗世独立

"结庐在人境，心远地自偏"

举杯欲饮

历史如此透明，没有矫情

只在与它接触一瞬

感到如此醇厚

二〇〇六年一月

为美丽的风景而忧伤

时光

时光在婴孩的腿上蹒跚
在马蹄声中渐行渐远
穿过历史的隧洞
在思想的车轮上飞旋

一个漂亮男孩迈进童年门槛
一个英俊少年有了写诗的渴望
青春过去，竟是浑然不觉
智慧已同华发一道生长

智者坐在天地之间
气定神闲犹如圆融境界
身边的河水慢慢静止
时光开始向回折返

鲜花闭合变成蓓蕾
青竹收缩变成春笋
学生们倒背如流，不知所云
所有的故事回到"从前……"

智者白发褪去，眉宇舒展

倒退着回到青年、少年、童年
他蹒跚着扑向母亲怀抱
怀着一颗赤子之心

二○○六年一月

为美丽的风景而忧伤

哪怕只是片刻

你的降临哪怕只是片刻
也在我眼前留下光明
伟大的爱啊，你高高在上
在你降临的时候
江河湖海要把我沐浴
花草树木都向我钟情

你的降临哪怕只是片刻
也在我胸中注满深情
宽容的爱啊，你高高在上
在你降临的时候
我在你阶下负荆请罪
我在你陛下俯首听命

你是窗前一片游弋的阳光
你是窗前一块切割的天空
你是窗前一声轻微的叹息
你是窗前一阵透彻的嘶鸣
我知道，这都是你的托付
你高高在上，显示无尚神明

你的降临哪怕只是片刻

也足以灌注我全部身心

热烈的爱啊，你稍纵即逝

在你降临的时候

我怎能不趋趋跪在你的脚下

我怎能不紧紧捉住你的衣襟

你的降临哪怕只是片刻

就钦定了我一生的使命

纯粹的爱啊，即使你稍纵即逝

仅此一刻，已永驻我心

从此以后，我就是你的执鞭之士

从今而后，我就是你的顾命之臣

二〇〇五年十二月

为美丽的风景而忧伤

天空中的蜡烛

有一队蜡烛在空中行走
在黑暗的夜空中闪着光
好像一座古城寂寥的夜景
又好像水光接天，白露横江

有一个声音来自无穷之上
由远而近像是脚步声响
像一堆干柴点燃的声音
惊起乌鹊一片，扑打翅膀

那声音是我心脏的声音
每一次闪烁都有一个熟悉脸庞
那是五百个活动人形
是我的希望，在我温柔梦乡

头顶的天花板在渐渐远去
那小屋也变得无边空旷
有一队蜡烛，一队队蜡烛
在温暖的夜空行走，闪着光

二〇〇五年十一月

白鹿青崖

骑马穿过……

骑马闯过冬天的树林

和我想象中一样

那马喷出雪白的鼻息

身后泥土飞溅，落叶飘扬

背负行囊，坐在马背上的尚义侠士

就和我想象中一样

他振奋缰绳踏上山岗

和我想象中一样

那炊烟袅袅，不绝如缕的

是记忆中的村庄

瓮牖中的大眼睛男孩

就和我想象中一样

他牵马来到林中水源

和我想象中一样

那马低下头的时候

她明澈的目光在水一方

这时候传来洞箫的声音

就和我想象中一样

为美丽的风景而忧伤

那马独自向夜色走去
和我想象中一样
当他回首找寻她的踪影
月亮正出于东山之上
而这时满地鲜美的花朵啊
就和我想象中一样

二〇〇五年十二月

白鹿青崖

过去的日子

只留下一只蜻蜓的标本
是我曾经快乐的日子
从此以后我就心事茫茫
那过去的日子留下什么

时时都有记忆伴随
总有人在路灯下久久等候
有一颗星辰是我的归宿
那过去的日子留下什么

我用粉笔写下的诗句
明天就会从墙上抹去
忧伤只会让我独自享受
那过去的日子留下什么

让我把它夹在你的书本里
多年以后还留着芬芳
我已经没有任何证词
我的心中都是兰花

　二〇〇六年一月

为美丽的风景而忧伤

是什么让人伤悲

在奔流的大河边上
我们坐下来哭泣
是什么让他们伤悲
因为时光不再复回

在血色的黄昏下面
我们坐下来哭泣
是什么让他们伤悲
因为太阳在缓缓消逝

在飘零的树木底下
我们坐下来哭泣
是什么让他们伤悲
因为它们如此孤立

在长长的铁轨上
我们坐下来哭泣
是什么让他们伤悲
因为亲人注定要远离

在伤心的故事讲完后

我们坐下来哭泣
是什么让他们伤悲
因为那故事没有结局

二〇〇六年一月

为美丽的风景而忧伤

心中的月光

今天我的心中没有太阳
但我心中有清澈的月光
当光明已随晚霞飘落
诗人独自把黑暗歌唱

一棵大树被缓缓伐倒
它的呼喊还在林中回荡
在繁茂的草叶下面
掩藏着一个少年的早殇

从此诗人不再浪漫
内心怀着无限感伤
语言已无法把人触动
只在心中留下别样文章

骄傲的骑手终于停下
任凭那白驹信马由缰
雁鹊仰望峭壁之上
向隅而泣述说心中悲怆

喧闹的晚会结束以后

各人心中都有几多惆怅

幕布徐徐降下的时候

还有好戏刚刚开场

离开爱人的岁月

四周仍弥漫着她肌肤清香

不幸的日子总会过去

伤悲过后让人细细品尝

故事讲完以后

给人留下无穷想象

风雨过后君不见

最美还是，银杏树下一地金黄

从茫茫沙漠望见的

是一片开满鲜花的草场

今天被人走断的路

等天明又向何处延长

从滚滚江河回溯而上

是山间泉水流淌

在娇艳的鲜花下面

有一颗雄心还在默默膨胀

浮华过后心中不禁苍凉
海子深处漂漂点点烛光
杯盘狼藉众人尽皆离散
行吟者又要云游他乡

二〇〇六年一月

白
鹿
青
崖

大赦天下

今天我是皇上

朕要大赦天下酒徒

朕许尔等举杯痛饮

今日不醉该当何罪？

朕高高在上

看尔等嘴脸如同腻脂

尔等所有罪孽都记录在案

子曰"遂事不问，既往不咎"

今日朕昭示天下

在酒面前人人平等

无论高堂之上，缧绁之中

在朕眼中无非酒色之徒

朕有恙在身

一杯清水与尔等共饮

鸣钟——

嗟！来食！

击鼓——

干！为朕江山！

二〇〇六年一月二十八日

为美丽的风景而忧伤